PICCOLA BIBLIOTECA ADELPHI
216

Friedrich Dürrenmatt

LA MORTE DELLA PIZIA

Traduzione di Renata Colorni

ADELPHI EDIZIONI

TITOLO ORIGINALE:

Das Sterben der Phythia

Prima edizione: giugno 1988
Nona edizione: maggio 1996

LA MORTE DELLA PIZIA

Vecchia com'era, Pannychis trascinava stancamente anno dopo anno la sua interminabile esistenza, sempre ai ferri corti con il gran sacerdote, che pure grazie a lei faceva soldi a palate perché più passava il tempo più i suoi responsi diventavano spavaldi e azzardati. Non che lei credesse alle cose che diceva, anzi vaticinava in quel modo proprio per farsi beffe di coloro che credevano in lei, col risultato però di destare nei suoi devoti una fede assolutamente incondizionata. Pannychis profetava, vaticinava imperterrita, neanche a parlarne di poter andare in pensione. Merops riteneva infatti che quanto più una Pizia era vecchia e svampita, tanto più diventava brava, il meglio in assoluto era una Pizia agonizzante, non a caso gli oracoli più spettacolosi li aveva pronunciati Krobyle IV, la Pizia che aveva preceduto Pannychis, in punto di morte. Pannychis, dal canto suo, si proponeva di astenersi del tutto dal profetare quando l'ora estrema fosse giunta anche per lei, ciò che voleva era morire con dignità, almeno quello, e senza fare sciocchezze; era già abbastanza degradante che ancora adesso fosse costretta a farne, per di più in condizioni di lavoro così deplorevoli. Il santuario era umido e pieno di correnti d'aria. Dall'esterno appariva sontuoso, primo dorico puro, ma l'interno era squallido, una spelonca male isolata di roccia calcarea. A unico conforto di Pannychis, i vapori che scaturivano dalla fenditura nella roccia, giusto sotto il tripode sul quale lei era assisa, alleviavano i dolori reumatici provocati dalle correnti d'aria. Da tempo ormai quel che accadeva in Grecia non le importava più: che il matrimonio di Agamennone scricchiolasse o meno, e con chi se la facesse Elena, tanto per cambiare, era privo per lei di qualsiasi interesse. La Pizia profetava a casaccio, vaticinava alla cieca, e poiché altrettanto ciecamente veniva creduta, nessuno ci faceva caso se le sue profezie non si avveravano quasi mai, o solo qualche rara volta, proprio quando le cose non potevano che finire in quel certo modo: a Eracle, per esempio, l'eroe dalla forza leonina che non aveva nemici dal momento che nessuno era in grado di stargli alla pari, non restava altra via di uscita che darsi la morte col fuoco, solo perché la Pizia gli aveva insufflato che dopo morto sarebbe diventato immortale. Diventò davvero immortale? Nessuno comunque avrebbe mai potuto verificarlo. E il semplice fatto che Giasone avesse sposato Medea era più che sufficiente a spiegare come mai alla fine lui si tolse la vita, ma non va dimenticato che quando era comparso a Delfi con la sua fidanzata per implorare un responso dall'oracolo del

12

dio, la Pizia col suo fiuto infallibile aveva sentenziato seduta stante che meglio sarebbe stato per lui gettarsi sulla propria spada piuttosto che prendere in moglie quella mangiatrice di uomini. In queste circostanze la fortuna dell'oracolo era ormai inarrestabile, anche per motivi economici. Merops XXVII aveva in mente lavori colossali di ristrutturazione: un gigantesco tempio di Apollo, un portico delle Muse, una colonna ofitica, diverse banche e perfino un teatro. Il gran sacerdote frequentava ormai solo re e tiranni e da tempo aveva smesso di preoccuparsi dei sempre più numerosi incidenti sul lavoro e del palese e crescente disinteresse del dio. Conosceva i suoi Greci, Merops, e quante più follie tirava fuori la vecchia nei suoi vaneggiamenti tanto più lui era contento, nessuno comunque l'avrebbe buttata giù dal quel tripode dove, infagottata nel suo nero mantello, passava il suo tempo a sonnecchiare tra i vapori. Dopo la chiusura del santuario, Pannychis aveva l'abitudine di starsene seduta ancora un po' davanti al portale laterale, poi, zoppicando, andava a rintanarsi nella sua capanna, si cucinava un semolino e lo lasciava lì perché si addormentava. Detestava qualsiasi cambiamento nel trantran quotidiano. Solo di tanto in tanto, e sempre di malavoglia, si presentava nell'ufficio di Merops XXVII, borbottando e mugugnando; il gran sacerdote, del resto, la faceva chiamare solo quando arrivava qualche indovino con la richiesta che un oracolo da lui stesso formulato venisse pronunciato dalla Pizia per un suo cliente. Pannychis detestava gli indovini. Va bene che non credeva negli oracoli, ma non vedeva nell'arte del vaticinio niente di particolarmente indecente, gli oracoli non essendo per lei che un'idiozia voluta dalla società; tutt'altra cosa erano invece le profezie dei veggenti che lei era tenuta a pronunciare su loro ordinazione; formulati com'erano in vista di un certo scopo, quegli oracoli celavano sempre qualche sporco intrallazzo, se non addirittura un ben preciso interesse politico; e la sera d'estate in cui Merops, stiracchiandosi dietro la scrivania, le disse col suo solito tono melenso e falsamente cordiale che il veggente Tiresia aveva espresso un desiderio, la Pizia pensò subito che dietro quella richiesta si nascondesse qualche sporco intrigo o calcolo politico.

Per questo, benché si fosse appena accomodata su una sedia, Pannychis XI scattò in piedi e dichiarò che con Tiresia non voleva avere niente a che fare, era ormai troppo vecchia, protestò, per poter imparare, tenere a mente e recitare con sicurezza gli oracoli altrui. Arrivederci e grazie. Un momento, disse Merops inseguendola e sbarrandole il passo sulla soglia dell'ufficio, un momento, non era il caso di prendersela in quel modo, anche lui era convinto che quel cieco di un Tiresia fosse un tipo quanto mai sgradevole, di sicuro il più grande maneggione e politicante di tutta la Grecia, e, per Apollo, marcio e corrotto fino alle midolla, ma bisognava ammettere, aggiunse, che nessuno pagava bene come Tiresia, e stavolta la sua richiesta era più che comprensibile, essendo a Tebe di nuovo scoppiata la peste. La peste era di casa a Tebe, borbottò Pannychis, né c'era da stupirsene poi tanto, disse, bastava un'occhiata alle condizioni igieniche intorno all'acropoli, la cosiddetta Cadmea, per rendersi conto del perché in quella città la peste fosse diventata per così dire endemica. Certo, disse Merops XXVII a Pannychis XI sperando di rabbonirla, Tebe era proprio raccapricciante, un fetido buco sotto ogni aspetto, non a caso correva voce che perfino le aquile di Giove faticassero a sorvolare la città perché sbattevano un'ala soltanto, dovendo con l'altra turarsi il naso, e poi... per non parlare poi di quel che succedeva alla corte del re. Tiresia chiedeva di profetare al suo cliente, atteso a Delfi per l'indomani, che la peste non sarebbe finita se prima non fosse stato scoperto l'assassino di Laio, il re di Tebe. Pannychis, stupita per la banalità dell'oracolo, pensò che Tiresia, data l'età, si fosse ormai rincitrullito. Giusto per salvare la forma, domandò ancora quando quel delitto fosse stato commesso. Mah..., esattamente non lo sapeva, fu la risposta di Merops, vari decenni addietro, ma non aveva grande importanza, che l'assassino si trovasse o no, la peste prima o poi sarebbe finita, e allora i Tebani si sarebbero persuasi che gli dèi, per venire loro in aiuto, avessero di loro iniziativa ristabilito la giustizia annientando l'assassino dopo averlo scovato in un qualche remoto nascondiglio. La Pizia, contenta di poter tornare tra i suoi vapori, domandò sbuffando come si chiamasse il cliente di Tiresia:

« Creonte » rispose Merops XXVII.

« Mai sentito » disse Pannychis. E Merops le confermò che neanche lui lo conosceva.

« Chi è il re di Tebe? » domandò ancora la Pizia.

« Edipo » fu la risposta di Merops XXVII.

« Mai sentito neanche questo » disse Pannychis XI, che davvero s'era scordata di Edipo.

« Non lo conosco neanch'io » confermò Merops, contento di togliersi di torno la vecchia, e subito le porse il foglietto con l'oracolo che Tiresia aveva formulato a regola d'arte.

« Giambi, » disse lei con un altro sospiro, dopo aver dato un'occhiata al foglietto « figurarsi se quello rinunciava a scrivere in versi ».

E il giorno seguente, poco prima della chiusura del santuario, la Pizia che si cullava sul tripode beatamente avvolta da tiepidi fumi udì tutt'a un tratto una flebile vocina, quasi un belato: le stava parlando un tebano di nome Creonte, e lei allora recitò il suo responso, certo, non con la scioltezza di un tempo, a un certo punto dovette perfino ricominciare da capo: « Con chiare parole Apollo ti impone di non rendere irreparabile il delitto di sangue che infesta il paese... Con chiare parole Apollo ti impone di non rendere irreparabile il delitto di sangue che infesta il paese, bensì di estirparlo. Il sangue va espiato col sangue, oppure con l'esilio. Il sangue ha lordato il paese. Per la morte di Laio, Febo chiama vendetta su coloro che l'hanno assassinato. È questo il suo comandamento ».

E la Pizia tacque, contenta di essersela cavata più che decentemente, il metro non era privo di difficoltà; tutt'a un tratto Pannychis si sentì fiera di se stessa, aveva dimenticato tutte le sue ambasce. Il tebano – com'è che si chiamava, dunque? – se l'era svignata già da parecchio e lei riprese a sonnecchiare.

A volte Pannychis si fermava sulla soglia del santuario. Davanti a lei si estendeva il grande cantiere del tempio di Apollo, e più in là erano state già erette tre colonne del portico delle Muse. Malgrado la calura insopportabile, lei tremava dal freddo. Quelle rupi, quei boschi, quel mare... tutto era solo impostura, un suo sogno, e un giorno, passato il sogno, ogni cosa sarebbe finita, Pannychis sapeva benissimo che tutto era inventato di sana pianta, a cominciare da lei, la Pizia, che veniva spacciata per la sacerdotessa di Apollo pur essendo soltanto un'imbrogliona che improvvisava gli oracoli a casaccio secondo l'umore del momento. E ormai era molto vecchia, vecchissima, decrepita, lei stessa non sapeva più quanto. Gli oracoli di ordinaria amministrazione li sbrigava la sua allieva Glykera V, la Pizia che le sarebbe succeduta; Pannychis era stufa marcia di dondolarsi su e giù in quei perpetui vapori, anche se certo, una volta alla settimana, per un principe danaroso o magari per un tiranno accettava di accomodarsi sul tripode e vaticinava; in questo anche Merops era disposto a venirle incontro.

Fu così che un giorno, mentre era seduta al sole che le faceva un gran bene, tanto che

18

aveva chiuso gli occhi per non vedere più quel paesaggio delfico schifosamente kitsch, appoggiata al muro del santuario prospiciente il portale laterale, profondamente immersa nei suoi pensieri, di fronte a sé la colonna ofitica non ancora terminata, la Pizia sentì ad un tratto che qualcosa, forse già da molte ore, si ergeva davanti a lei, qualcosa che la intrigava e da cui si sentiva provocata, e quando aprì gli occhi, non subito ma anzi con grande cautela – quasi le sembrava di dover prima reimparare a farlo – e quando finalmente guardò, vide una figura immane che si appoggiava a un'altra figura non meno immane, e mentre Pannychis XI continuava a guardare aguzzando la vista, le due immani figure si raggricciarono e assunsero dimensione umana, e lei riconobbe allora un cencioso mendicante che si appoggiava a una mendicante altrettanto cenciosa. La mendicante era una fanciulla. Il mendicante fissò Pannychis con gli occhi sbarrati, ma non aveva gli occhi, al posto degli occhi c'erano due grandi buchi pieni di sangue nero raggrumato.

« Sono Edipo » disse il mendicante.

« Non ti conosco » rispose la Pizia, e strizzò gli occhi in direzione del sole che non voleva tramontare su quel mare turchino.

« Mi hai fatto una profezia » disse il cieco ansimando.

« Può darsi, » replicò Pannychis XI « ne ho fatte a migliaia ».

« Il tuo oracolo si è compiuto. Ho ucciso mio padre Laio e ho sposato mia madre Giocasta ».

Pannychis XI guardava sbigottita ora il cieco ora la fanciulla coperta di stracci, pensando e ripensando che cosa tutto ciò potesse mai significare; ma la memoria non le venne in aiuto.

« Giocasta si è impiccata » disse Edipo sottovoce.

« Mi dispiace, condoglianze vivissime ».

« E io poi mi sono accecato con le mie stesse mani ».

« Ah, capisco » disse la Pizia; quindi, indicando la fanciulla: « E questa chi è? » domandò, non per curiosità, ma solo per dire qualcosa.

« È mia figlia Antigone, » rispose l'uomo che si era accecato « o anche mia sorella » aggiunse con estremo imbarazzo, e poi si mise a raccontare una storia quanto mai confusa.

La Pizia, che aveva ora gli occhi spalancati, ascoltava distrattamente guardando attonita il mendicante dinanzi a lei, il quale si appoggiava alla figlia che era anche sua sorella, e dietro di lui c'erano le rupi, e i boschi, e più in giù il cantiere del teatro, e per finire il mare inesorabilmente turchino, e dietro

tutto il cielo, il cielo di piombo, la superficie di quel nulla assoluto in cui gli uomini, per poter tirare avanti, proiettano ogni
sorta di cose, divinità e destini di ogni genere, e quando il tutto cominciò a chiarirsi
nella sua mente, quando riuscì a ricordare
che pronunciando quell'oracolo lei aveva
solo voluto fare uno scherzo mostruoso a
quel giovane chiamato Edipo perché lui,
una volta per tutte, si togliesse dalla testa
la sua fede negli oracoli, allora tutt'a un
tratto Pannychis XI scoppiò a ridere, e la
sua risata diventò immensa, incommensurabile; dopo che il cieco se n'era andato
zoppicando con la figlia Antigone già da
un bel po', lei stava ancora ridendo. Eppure, come di colpo era scoppiata a ridere,
così di colpo la Pizia ammutolì quando le
venne in mente che non tutto ciò che era
accaduto poteva essere considerato frutto
del caso.
Il sole stava ora tramontando dietro il cantiere del tempio di Apollo, il solito, sempi-
terno spettacolo kitsch; Pannychis, che il sole lo detestava, pensò che un giorno voleva
proprio vederci chiaro in quella faccenda,
la favola del carro e dei cavalli del sole la
trovava assolutamente ridicola, ed era pronta a scommettere che il sole non era altro
che una massa di gas fetidi e fiammanti.
Dirigendosi verso l'archivio pensò per un

attimo che era zoppa anche lei, proprio come Edipo. Lì si mise a sfogliare il libro degli oracoli, tutti i responsi emessi nel santuario vi erano registrati. Finalmente si imbatté in un oracolo pronunciato per un certo Laio, re di Tebe. Qualora gli fosse nato un figlio, costui lo avrebbe assassinato.

« È un oracolo intimidatorio, » pensò Pannychis tra sé e sé « riconosco lo zampino di Krobyle IV, la Pizia che mi ha preceduta », della quale peraltro sapeva benissimo quanto fosse corriva coi desideri del gran sacerdote. Poi, frugando nei libri contabili, trovò la prova di un versamento di cinquemila talenti da parte di Meneceo, l'uomo drago, il suocero del re di Tebe Laio, con la seguente annotazione: « Per un oracolo formulato da Tiresia in relazione al figlio di Laio ». La Pizia chiuse gli occhi, meglio sarebbe stato, pensò, essere cieca come Edipo. E rimase a sedere pensierosa al tavolo di lettura dell'archivio. Ora capiva: il suo oracolo si era avverato per grottesca coincidenza, ma Krobyle in passato aveva vaticinato per impedire a Laio di generare un figlio e perciò un erede, in modo che fosse il cognato Creonte a succedergli sul trono. Il primo oracolo, quello che aveva spinto Laio a esporre Edipo, era stato il frutto di una pastetta, il secondo si era avverato per puro caso e il terzo, quello da cui l'indagine aveva preso le mosse, era stato anch'esso formulato da Tiresia. « Per portare Creonte sul trono di Tebe, sul quale di sicuro è già salito » pensò Pannychis. « E io che per troppa condiscendenza nei confronti di Merops ho recitato il responso formulato da Tiresia, » borbottò tra sé furibonda « per di più in quegli orribili giambi, sono più perfida io di Krobyle IV, che almeno profetava solamente in prosa ».

Si alzò dal tavolo e lasciò quell'archivio coperto di polvere, da molto tempo ormai nessuno si preoccupava più di pulire e rassettare, ovunque nell'oracolo di Delfi la sciatteria più spensierata regnava sovrana. Comunque anche l'archivio sarebbe stato ben presto demolito, pensò, e al posto della vecchia casupola di pietra sarebbe sorto un nuovo e pomposo edificio, era perfino già prevista una casta sacerdotale che avrebbe avuto il compito precipuo di sostituire a quella spensierata sciatteria una sciatteria rigorosamente preordinata.

La Pizia abbracciò con lo sguardo i cantieri che aveva dinanzi: era notte, pietre e colonne giacevano dappertutto, la sensazione era quella di un cumulo di rovine; un giorno, pensò, in quel luogo ci sarebbero state soltanto rovine. Il cielo faceva tutt'uno con le rocce e il mare, e a occidente, sopra un nero banco di nebbia, spiccava, strana e malvagia, una stella rossa. Alla Pizia sembrò che Tiresia incombesse minaccioso, lo stesso Tiresia che tante e tante volte le aveva imposto di recitare quei suoi calcolatissimi oracoli, dei quali in quanto veggente andava fierissimo, benché fossero solo cretinate, in realtà, esattamente come gli oracoli che lei stessa, Pannychis, andava escogitando, e Tiresia era vecchissimo, ancora più vecchio di lei, viveva già al tempo di Krobyle IV, e prima ancora, all'epoca di Melitta, e addirittura al tempo di Bakchis. Ad un tratto, mentre attraversava con passo claudicante lo sterminato cantiere del tempio di Apollo, la Pizia si rese conto che la morte si stava avvicinando – finalmente, del resto. Gettò il bastone verso la colonna ofitica, ecco qui un altro monumento kitsch, pensò, e smise di andare in giro zoppicando. Entrò nel santuario: morire, che evento solenne. Si domandò come avvenisse il morire: era emozionata, pregustava l'avventura. Lasciò aperto il portale principale, salì sul tripode e aspettò la morte. I vapori lievemente rossastri che scaturivano dalla fessura nella roccia la avvolsero, strato dopo strato, come nuvole dense, e attraverso quei veli Pannychis scorse la luce perlacea della notte che entrava a fiotti dal portale principale.

Sentendo la morte vicina, crebbe la sua curiosità.

Dapprima le comparve dinanzi un volto cupo e arcigno, capelli corvini, fronte bassa, occhi inespressivi, colorito terreo. Pannychis non si mosse, pensò a un messaggero di morte; poi tutt'a un tratto seppe invece che si trattava di Meneceo, l'uomo drago. La faccia era truce e la stava guardando. Parlava, quella faccia, o forse no, invece, stava zitta, ma in modo tale che la Pizia intese in essa l'uomo drago.

Era stato un piccolo, umile contadino, che trasferitosi a Tebe aveva prima lavorato duramente in qualità di bracciante, poi come caposquadra, infine come imprenditore edile, ma la sua fortuna aveva coinciso con l'incarico di dirigere i lavori della rocca di Cadmo; e il risultato, per gli dèi, era l'acropoli, una vera magnificenza! I maligni dicevano che Meneceo doveva tutta la sua fortuna alla figlia Giocasta; certo, il re Laio l'aveva sposata, ma non è che Meneceo fosse un uomo qualsiasi, in fin dei conti apparteneva alla stirpe degli uomini drago, così denominati perché sorti a Tebe dal terreno limaccioso in cui Cadmo aveva seminato i denti del drago. All'inizio si erano viste soltanto le punte delle loro spade, quindi i pennacchi degli elmi, poi le teste e i volti che guardandosi con odio si sputavano addosso; e non appena emersero dal fango con tutto il busto, gli uomini drago cominciarono ad azzuffarsi agitando le spade che ancora per metà affondavano nella melma, e quando poi uscirono dai solchi nei quali erano stati seminati, si avventarono come belve gli uni contro gli altri. Ma Udeo, il bisnonno di Meneceo, sopravvisse alla cruenta battaglia, nonché al macigno lanciato da Cadmo nella mischia furibonda degli uomini drago. Meneceo credeva nelle vecchie storie, e proprio per questo detestava Laio, il borioso aristocratico che faceva discendere la propria stirpe dal matrimonio di Cadmo e Armonia, la figlia di Ares e Afrodite; le nozze di Cadmo e Armonia dovevano essere state fantastiche, questo sì, ma una cosa era certa: Cadmo il drago l'aveva ucciso prima, e seminato i suoi denti nella terra, sicché l'uomo drago Meneceo si sentiva superiore a Laio, essendo la sua stirpe più antica e prodigiosa di quella del re di Tebe; di Armonia, di Ares e di Afrodite non gli importava un fico secco, e quando Laio aveva sposato Giocasta, l'orgogliosa ragazza dagli occhi chiari e i rossi, incolti capelli, Meneceo aveva in cuor suo accarezzato la speranza che lui, o se non lui suo figlio Creonte, potesse un giorno prendere il potere, Creonte, quell'uomo truce dai capelli corvini e il volto

butterato, alle cui parole, che pure pronun-
ciava con voce sommessa, avevano tremato
gli operai del cantiere come ora tremavano
i soldati, perché Creonte, essendo cognato
del re, deteneva ormai il comando supremo
dell'esercito di Tebe. Soltanto il corpo di
guardia del Palazzo reale non prendeva or-
dini da lui. Creonte però aveva un che di
tremendamente leale, era fiero del cognato
Laio al quale dimostrava perfino una certa
gratitudine, per non parlare della sorella,
alla quale era affezionatissimo: nonostante
le brutte cose che si dicevano sul conto di
Giocasta, lui, Creonte, l'aveva sempre di-
fesa e protetta; per tutti questi motivi, l'ora
della sedizione non arrivava mai. Quante
volte, a pensarci si sentiva disperato, Meneceo era stato sul punto di suggerire a
Creonte: Suvvia, insorgi, fatti re! ma poi,
all'ultimo momento non aveva mai osato;
quando dunque aveva ormai rinunciato a
quel suo vecchio sogno, un giorno, nell'oste-
ria di Peloro – lui pure pronipote dell'omo-
nimo uomo drago –, Meneceo incontrò Tiresia, il duro e potente indovino cieco che
soleva farsi accompagnare da un fanciullo.
Tiresia, che conosceva gli dèi di persona,
non diede affatto una valutazione pessimi-
stica sulle possibilità che Creonte diventas-
se re; i decreti divini, disse, erano così mi-
steriosi che capitava sovente che gli dèi

stessi non li sapessero in anticipo, e ogni tanto, nella loro irresolutezza, essi non disdegnavano una qualche indicazione da parte degli umani... beh, insomma, nel suo caso, nel caso di Meneceo, disse Tiresia, la cosa sarebbe costata cinquantamila talenti. Meneceo rimase atterrito, non tanto per l'enormità della somma in sé quanto per il fatto che essa coincideva esattamente con l'ammontare dell'enorme patrimonio da lui guadagnato per i lavori dell'acropoli di Cadmo e per altre opere edilizie commissionategli dal re; le imposte però le aveva sempre pagate soltanto su cinquemila talenti. E Meneceo pagò.

Davanti agli occhi chiusi della Pizia, che immersa in vapori assai più fitti di prima si dondolava ritmicamente, si stagliò ora un uomo dalla figura altera e indubitabilmente regale, anche se biondo, azzimato, stanco e accidioso. Pannychis seppe subito che si trattava di Laio. Com'è ovvio il monarca si era stupito assai quando Tiresia gli aveva riferito l'oracolo di Apollo secondo il quale se mai Giocasta gli avesse generato un figlio, questi lo avrebbe assassinato. Laio, fra l'altro, conosceva Tiresia, i prezzi dei suoi oracoli erano vergognosi, solo i ricchi potevano permettersi un Tiresia, la gente normale era costretta a recarsi a Delfi di persona per consultare la Pizia, ciò che certo non dava le stesse garanzie; infatti, così credeva la gente, quando era Tiresia a interrogare la Pizia, la chiaroveggenza di lui si trasmetteva a lei; tutte sciocchezze, naturalmente, Laio, che era un despota illuminato, sapeva che l'unico vero problema era di appurare chi, corrompendo Tiresia, potesse averlo indotto a far pronunciare un oracolo tanto perfido. Certo qualcuno interessato a che loro, lui e Giocasta, non facessero figli; o Meneceo o Creonte, dunque, poiché uno di loro due, se il suo matrimonio con Giocasta fosse rimasto sterile, avrebbe ereditato il trono. Ma Creonte, nella sua indefettibile ottusità, era un uomo estremamente fedele e di un dilettantismo politico a dir poco clamoroso. Non restava dunque che Meneceo. Quello di sicuro già si vedeva nelle vesti del padre di un re, certo che, per Zeus, doveva aver spillato dalle casse dello Stato una barca di quattrini, i prezzi di Tiresia superavano di molto il patrimonio su cui Meneceo pagava le imposte. Ebbene, essendo l'uomo drago suo suocero, non era il caso di preoccuparsi delle sue attività cospirative, ma certo che sprecare una somma così enorme per un oracolo che si poteva ottenere per pochi spiccioli... Per fortuna, come a Tebe ogni anno, una piccola pestilenza serpeggiava intorno alla rocca di Cadmo e già aveva ghermito alcune dozzine di persone, perlopiù gente di poco conto, filosofi, rapsodi e altri poetastri. Laio mandò a Delfi il suo segretario con diverse proposte e dieci monete d'oro: in cambio di dieci talenti si otteneva dal gran sacerdote qualsiasi cosa; già undici talenti avrebbe dovuto registrarli nei libri contabili del santuario. L'oracolo che il segretario riportò da Delfi fu che la peste, la quale nel frattempo si era un poco attenuata, sarebbe cessata del tutto solo se uno degli uomini drago si fosse sacrificato per il bene della città. Il che significava che la peste era pronta a divampare di nuovo con grande violenza. L'oste Peloro disse allora vivacemente che l'uomo drago di nome Peloro non era affatto un suo antenato, qualcuno per fargli del male aveva diffuso quella voce falsa e tendenziosa. Meneceo, quindi, come unico sopravvissuto della stirpe degli uomini drago, dovette per forza salire sulle mura della città e di lì gettarsi di sotto; ma invero Meneceo fu felicissimo di potersi sacrificare per il bene della città, l'incontro con Tiresia lo aveva finanziariamente rovinato: era insolvente, gli operai mugugnavano, il fornitore di marmo Kapys aveva da tempo sospeso le consegne, la fabbrica di laterizi pure, la parte orientale delle mura della città non era altro che uno scheletro in legno, la statua di Cadmo nella

Piazza del Consiglio era fatta di gesso, di bronzo non aveva che il colore, e al primo acquazzone Meneceo si sarebbe comunque dovuto suicidare. Come una rondine gigantesca caduta in deliquio, precipitò dalla parte sud delle mura, e mentre echeggiavano nel sottofondo i canti solenni delle damigelle d'onore, Laio strinse la mano di Giocasta, e Creonte fece il saluto militare. Ma quando Giocasta partorì Edipo, Laio sbigottì. Naturalmente non credeva all'oracolo, era assurdo pensare che suo figlio lo avrebbe assassinato, ma insomma, per Hermes, avesse almeno saputo se Edipo era davvero suo figlio, certo, non poteva negare che qualcosa lo aveva sempre trattenuto dal dormire con sua moglie, il loro era comunque un matrimonio di convenienza, lui aveva sposato Giocasta per avvicinarsi alla gente del popolo, visto che, per Hermes, dati i suoi trascorsi prematrimoniali Giocasta la conoscevano tutti, c'era mezza città che si sentiva solidale con Laio; forse era pura superstizione ciò che lo teneva lontano dal letto di Giocasta, ma l'idea che suo figlio potesse assassinarlo era in qualche modo poco incoraggiante e, a dire il vero, a Laio le donne non piacevano, preferiva di gran lunga le giovani reclute, ma di tanto in tanto, quando era proprio sbronzo, con sua moglie doveva pur averci dormito, Giocasta assicurava di sì, e lui, veramente, non sapeva più bene, c'era fra l'altro quel maledettissimo ufficiale della guardia... insomma, la cosa migliore era esporre il marmocchio che tutt'a un tratto vide giacere in una culla.

La Pizia si strinse nel mantello, di colpo i vapori si fecero di ghiaccio e lei ebbe freddo, e mentre era lì che gelava vide di nuovo davanti a sé il viso incrostato di sangue del cencioso mendicante, il sangue colò via dalle orbite e due occhi azzurri la guardarono in faccia: era un viso aspro, lacerato, che niente aveva di greco, il viso di un ragazzo, lo stesso del giorno lontano in cui lei, Pannychis, si era beffata di Edipo pronunciando un oracolo escogitato lì per lì di sana pianta. Che razza di imbroglione è mai questo, pensò ora Pannychis, è chiaro che già a quell'epoca sapeva benissimo di non essere il figlio di Polibo e di Merope, il re e la regina di Corinto!

« Sicuro, » rispose il giovane Edipo attraverso i vapori che sempre più fitti avvolgevano la Pizia « l'ho sempre saputo. A raccontarmelo furono le serve e gli schiavi, e anche il pastore che trovò me, neonato inerme, sul monte Citerone, con i piedi trafitti da uno spillo e legati per le caviglie. L'ho sempre saputo di essere stato consegnato così a Polibo, il re di Corinto.

Polibo e Merope sono sempre stati buoni con me, questo devo ammetterlo, ma non sono mai stati veramente sinceri, temevano di dirmi la verità perché tale era il loro desiderio di avere un figlio che preferivano immaginare in qualche modo di averlo davvero, e io allora sono venuto a Delfi. Apollo era l'unica istanza alla quale mi potevo rivolgere. Ti assicuro, Pannychis, io credo in Apollo, continuo tuttora a credere in lui, non avevo certo bisogno che Tiresia mediasse tra noi, eppure non venni a consultare l'oracolo di Apollo con una vera e propria domanda, sapevo benissimo che Polibo non era mio padre; venni da Apollo con l'intento di stanarlo, e in effetti lo stanai dal suo divino nascondiglio; ebbene, l'oracolo tonante che per bocca tua ricevetti dal dio fu veramente atroce, come sempre in effetti la verità è atroce, e atrocemente infatti quell'oracolo si è compiuto. Allora, quando ti lasciai, pensai tra me e me che se Polibo e Merope non erano i miei genitori, dovevano esserlo le persone in relazione alle quali l'oracolo si sarebbe avverato. E quando a un crocevia uccisi un vecchio irascibile e vanaglorioso seppi, ancora prima di averlo ucciso, che si trattava di mio padre, chi altri avrei potuto uccidere se non lui... in realtà un altro uomo l'ho ucciso, ma fu più tardi, un tipo insignificante, un ufficiale della guardia di cui ho scordato perfino il nome ».

« C'è ancora qualcun altro che hai ucciso » intervenne la Pizia.

« E chi? » domandò Edipo in tono di meraviglia.

« La Sfinge » rispose Pannychis.

Edipo rimase un momento silenzioso, come per rammentare qualcosa, quindi sorrise.

« La Sfinge » disse « era un mostro con testa di donna, corpo di leone, coda di serpente, ali di aquila, e poneva un ridicolo enigma. Si gettò nella vallata sottostante il monte Ficio, sicché, quando a Tebe io sposai Giocasta... lo sai, Pannychis, bisogna che te lo dica, la tua morte è vicina e quindi è giusto che tu lo sappia: ho odiato i miei veri genitori come di più non si può, volevano gettarmi in pasto agli animali feroci, io non sapevo chi fossero, eppure dall'oracolo di Apollo mi sentii liberato: nello stretto valico tra Delfi e Daulide, preso da sacro furore scagliai giù Laio dal suo cocchio, e poiché lui si era impigliato nelle redini io frustai i cavalli che trascinarono il suo corpo nella polvere fino alla morte e, mentre lui rantolava, io mi accorsi, nel fossato lì accanto, del suo auriga che avevo ferito con la lancia. "Come si chiamava il tuo padrone?" gli domandai. Egli mi guardò fisso negli occhi e tacque. "Ebbene?" ripetei con voce imperiosa. E lui allora mi disse quel nome, avevo fatto trascinare nella polvere fino alla morte il re di Tebe, e quando con furibonda impazienza seguitai a interrogarlo, l'auriga disse anche il nome della regina di Tebe. Quell'uomo mi aveva fatto i nomi dei miei genitori. Non potevo permettere che ci fossero testimoni. Tolsi dunque la lancia dalla sua ferita e lo colpii di nuovo, più profondamente. Egli spirò. E quando ebbi estratto la lancia dal corpo dell'auriga ormai senza vita, mi accorsi che Laio mi stava guardando. Era ancora vivo. Senza dire una parola, lo trafissi da parte a parte. Volevo diventare il re di Tebe, e questa era anche la volontà degli dèi, e allora trionfalmente mi accoppiai con mia madre, molte, moltissime volte, e con astio scellerato le piantai quattro figli nella pancia, perché questo volevano gli dèi, quegli dèi che odiavo ancor più dei miei genitori, e ogni volta che montavo mia madre il mio odio per loro diventava più grande. Gli dèi avevano decretato quella mostruosità e dunque quella mostruosità doveva compiersi, e quando Creonte ritornò dall'oracolo di Delfi con il responso di Apollo che la peste non si sarebbe mitigata se prima non fosse stato trovato l'assassino di Laio, allora io seppi finalmente come mai gli dèi avevano escogitato un destino tanto crudele, e che avevano in animo di far fuori me, proprio me che avevo fatto la loro volontà. Trionfalmente mi feci il processo da solo, trionfalmente trovai Giocasta impiccata nelle sue stanze e trionfalmente mi trafissi gli occhi e li strappai dalle orbite: invero gli dèi mi avevano fatto dono del privilegio più grande che mente umana possa concepire, la sublime libertà di odiare quelli che ci hanno messo al mondo, i genitori, e poi gli antenati, che a loro volta hanno generato i genitori e, ancora più in su, gli dèi che hanno generato gli antenati e i genitori, e se adesso, cieco e mendico, vado errando ramingo per la Grecia, non è certo per magnificare la potenza degli dèi, bensì per dileggiarla ».

Pannychis era seduta sul tripode. Non sentiva più niente. Forse sono già morta, pensava, e solo dopo un po' si rese conto che, circonfusa dai vapori, si stagliava davanti a lei una donna con gli occhi chiari e i rossi, incolti capelli.

« Sono Giocasta, » disse la donna « so tutto fin dalla prima notte di nozze, quando Edipo mi raccontò la sua vita. Era così aperto, Edipo, così sincero, e, per Apollo, di una tale ingenuità... pensa che era perfino orgoglioso di essere riuscito a sottrarsi al decreto degli dèi – quasi che fosse possibile sottrarsi a un simile decreto – in quanto non era tornato a Corinto, non aveva colpito a morte Polibo né sposato Merope che, a quell'epoca, credeva ancora i suoi genitori. Che fosse mio figlio io l'avevo intuito subito, fin dalla prima notte in cui Edipo mise piede a Tebe. Ancora non sapevo che Laio era morto. Riconobbi Edipo dalle cicatrici ai calcagni quando lui, nudo, si distese accanto a me, ma non gli dissi nulla, perché del resto avrei dovuto dirglielo, gli uomini sono tutti talmente suscettibili, e per lo stesso motivo non gli dissi neppure che Laio non era suo padre, cosa di cui ora è ovviamente convinto; il padre di Edipo era l'ufficiale della guardia Mnesippo, un chiacchierone del tutto insignificante ma provvisto di doti sorprendenti in un campo nel quale i discorsi non servono a niente. Fatalità volle che egli sorprendesse Edipo nella mia stanza proprio la prima notte in cui il mio figliolo e futuro marito venne a trovarmi e, dopo un breve e rispettoso saluto, salì sul mio letto e si sdraiò accanto a me. Evidentemente Mnesippo voleva difendere l'onore di Laio, proprio lui che certo non si era mai preso a cuore particolarmente l'onore di mio marito. Io feci giusto in tempo a mettere la spada in mano a Edipo; seguì un breve combattimento, Mnesippo non era mai stato un valente spadaccino. E se Edipo abbandonò il suo corpo in pasto agli avvoltoi non fu per crudeltà, ma per biasimo sportivo, Mnesippo aveva combattuto in maniera davvero pietosa. Beh... l'effetto fu orripilante, gli sportivi, si sa, sono gente che non scherza. E siccome non potevo dire a Edipo come stavano veramente le cose perché se l'avessi fatto mi sarei messa contro la volontà degli dèi, per lo stesso motivo non potei impedirgli di prendermi in moglie, ed ero atterrita, Pannychis, vedevo con raccapriccio che il tuo oracolo si stava avverando senza che io potessi farci nulla: un figlio che sale su un letto accanto a sua madre, oh, Pannychis, credevo di svenire dall'orrore e sono invece svenuta dal piacere, mai in vita mia ho goduto con tanta violenza come quando mi sono data a Edipo; e dal mio ventre schizzarono il magnifico Polinice, e Antigone, come me rossa di capelli, e la tenera Ismene, ed Eteocle, l'eroe. Dandomi a Edipo, mi vendicai di Laio che aveva lasciato mio figlio in pasto alle belve e poi, per anni e anni, mi aveva fatto piangere il mio bimbo perduto, e così, a ogni amplesso di Edipo io ero in totale accordo col volere degli dèi che avevano decretato quella mia passione per l'impetuoso ragazzo, e poi il mio sacrificio. Per Zeus, Pannychis, innumerevoli uomini sono venuti sopra di me, ma io ho amato solamente Edipo, destinato dagli dèi a diventare mio sposo affinché io, unica tra le donne mortali, soggiacessi non già ad un uomo estraneo, bensì a colui che avevo generato, e dunque a me stessa. Il mio trionfo è questo: Edipo mi amò senza sapere che io ero sua madre; la cosa più innaturale è diventata naturalissima: è questa l'unica felicità che gli dèi mi hanno concesso. A loro maggior gloria mi sono impiccata, o meglio, non l'ho fatto io stessa, mi ha impiccata Molorco, il primo ufficiale della guardia di Edipo, il successore di Mnesippo. Infatti, quando venne a sapere che io ero la madre di Edipo, Molorco, che era tremendamente geloso del secondo ufficiale della guardia di nome Merione, entrò a precipizio nella mia stanza, e al grido: "Guai a te, o donna incestuosa" mi impiccò all'architrave della porta. Tutti credono che io mi sia impiccata con le mie mani. Anche Edipo ne è convinto, e poiché per decreto degli dèi egli ama più me della luce dei suoi occhi, si è accecato da solo: tanto grande è la passione che Edipo nutre per me, sua madre e al tempo stesso la sua donna. Ma forse Molorco non era affatto geloso di Merione ma piuttosto di Melonteo – è buffo, per decreto degli dèi tutti i miei ufficiali della guardia cominciavano con M, ma questo è davvero irrilevante, la cosa principale, penso, è che io per decreto degli dèi ho potuto, giubilando, porre fine alla mia esistenza. In lode di Edipo, mio figlio e sposo, Edipo che per decreto degli dèi ho amato più di ogni altro uomo, e a gloria di Apollo, che per mezzo delle tue parole, o Pannychis, ha annunciato la verità ».

« Carogna, » gridò la Pizia con voce roca « sei proprio una carogna a parlare di decreto degli dèi quando sai benissimo che quell'oracolo è tutto un imbroglio inventato da me di sana pianta! ».

Ma la Pizia ormai non gridava più, il suo era soltanto un roco bisbiglio, e ad un tratto dalla fessura della roccia si levò un'ombra, un'ombra immane, una specie di impenetrabile parete, velata ai suoi occhi dalla luce perlacea della notte.

« Sai chi sono? » domandò l'ombra, che ora aveva un volto i cui occhi grigio ghiaccio la osservavano pacatamente.

« Sei Tiresia » fu la risposta della Pizia, che si aspettava di vederlo comparire.

« Tu sai bene perché appaio al tuo cospetto, » disse Tiresia « benché in questi vapori non mi senta affatto a mio agio: non soffro di reumatismi, io ».

« Lo so, » disse la Pizia con sollievo, perché Giocasta, a forza di chiacchiere, le aveva fatto passare definitivamente la voglia di vivere « lo so che sei venuto perché devo morire. L'ho chiaro in mente da tempo. Da molto prima che si levassero le ombre di Meneceo, di Laio, di Edipo, di quella puttana di Giocasta, e adesso la tua. Torna di nuovo giù, Tiresia, sono stanca ».

« Anch'io, Pannychis, devo morire, » disse quell'ombra « il nostro trapasso avverrà nel medesimo istante. Riarso com'ero, mi sono appena abbeverato col mio corpo di carne alla fonte Tilfussa ».

« Ti odio » sibilò la Pizia.

« Lascia il rancore, » replicò Tiresia ridendo « facciamo la pace e avviamoci insieme nel regno dell'Ade » e ad un tratto Pannychis si accorse che il potente e decrepito Tiresia non era affatto cieco, poiché anzi, guardandola, strizzava i suoi occhi grigio chiari.

« Pannychis, » disse il veggente in tono paterno « solo la non conoscenza del futuro ci rende sopportabile il presente. Mi sono sempre stupito e continuo a stupirmi immensamente che gli uomini siano tanto smaniosi di conoscere il futuro. Sembra quasi che preferiscano l'infelicità alla felicità. D'accordo, noi due abbiamo approfittato e addirittura vissuto di questa propensione degli umani, io, lo riconosco, assai più agiatamente di te, anche se non è stato facilissimo recitare la parte del cieco per la vita di sette generazioni che gli dèi hanno voluto donarmi. Ma sono gli uomini a volere che i veggenti siano ciechi, e i clienti, si sa, non vanno mai delusi. E, quanto al primo oracolo da me commissionato a Delfi per il quale tu ti sei tanto arrabbiata, mi riferisco all'oracolo su Laio, credimi, non è proprio il caso di farne una tragedia. Un indovino ha bisogno di soldi, simulare la cecità costa molto denaro, il fanciullo che mi accompagnava doveva essere pagato, e ogni anno ero costretto a cambiarlo perché doveva sempre avere sette anni, per non parlare delle spese che mi è toccato sostenere per il personale specializzato e per gli uomini di fiducia sparsi qua e là in tutta la Grecia... ed ecco che un giorno si presenta quel tipo, Meneceo... sì, lo so, la registrazione che hai trovato in archivio attesta un versamento di cinquemila talenti, mentre da Meneceo ne ho incassati cinquantamila – ma quello, in realtà, più che un oracolo era un ammonimento, visto che Laio, il quale veniva avvertito che suo figlio lo avrebbe ucciso, non aveva figli e neanche poteva averne, capirai che ho dovuto tener conto della sua inclinazione quanto mai funesta per un sovrano ereditario.

« Pannychis, » continuò Tiresia in tono conciliante « anch'io come te sono una persona sensata, come te non ho fede negli dèi e credo invece nella ragione, e proprio perché credo nella ragione sono persuaso che l'insensata fede negli dèi debba essere sfruttata in maniera ragionevole. Io sono un democratico. So benissimo che l'antica nobiltà dei nostri antenati era ormai decaduta, che si trattava già allora di uomini depravati, facilmente corruttibili, disposti a vendersi purché fosse un affare, tutta gente insomma di una indescrivibile immoralità: se penso a quel beone di Prometeo che preferisce attribuire la sua cirrosi epatica alle aquile di Zeus piuttosto che all'alcool, o all'insaziabile ingordigia di Tantalo che esagera a dismisura il supplizio che gli procurano le normali restrizioni dietetiche alle quali è tenuto chiunque sia malato di diabete. Per non parlare poi della nostra alta aristocrazia. Tieste che mangia i suoi figli, Clitennestra che scanna il marito con una scure, Leda che se la fa con un cigno, la consorte di Minosse con un toro... e avanti di questo passo, chi più ne ha più ne metta. Comunque, quando penso agli Spartani e al loro Stato totalitario – perdonami, Pannychis, non vorrei annoiarti con la politica – non posso fare a meno di rammentare che anche gli Spartani discendono dagli uomini drago e precisamente da Ctonio, uno dei cinque guerrieri sopravvissuti alla carneficina, mentre Creonte discende da Udeo, quello che solo a massacro finito

43

osò tirar fuori il capo dalla terra... mia cara, stimatissima Pizia, che Creonte sia fedele te lo concedo, così come ti concedo che la fedeltà sia una virtù meravigliosa e onestissima; ma tu non scordare che non c'è dittatura senza fedeltà, la fedeltà è la solida roccia sulla quale si erige lo Stato totalitario, che senza di essa affonderebbe nella sabbia; per la democrazia è necessaria invece una certa mancanza di fedeltà, una attitudine più svolazzante, più irresoluta, più fantasiosa. Ti sembra che Creonte abbia fantasia? Un tremendo uomo politico cova in lui, Creonte è un uomo drago, simile agli Spartani in tutto e per tutto. Quando ho avvertito Laio di guardarsi da un figlio che lui in ogni caso non avrebbe potuto avere, intendevo metterlo in guardia contro Creonte, quel Creonte che lui stesso, Laio – se non avesse provveduto in tempo –, avrebbe portato al potere come proprio erede: in fondo tra i generali di Laio c'era Anfitrione, un uomo così per bene, di nobiltà ancora più antica di Creonte, per non parlare di sua moglie, la nobilissima Alcmena... cosa vuoi che m'importi se Eracle è suo figlio o no, non è il caso di perdersi in pettegolezzi; ma Laio, date le sue inclinazioni, sapeva benissimo che la stirpe dei Cadmei era finita, e io con il mio oracolo volevo solo suggerirgli la soluzione più intelligente, e cioè di adottare Anfitrione. Laio non l'ha fatto. Laio non era intelligente come io immaginavo ».

Tiresia tacque, si fece cupo e tetro.

« Mentono tutti » stabilì la Pizia.

« Chi dici che mente? » domandò Tiresia, ancora immerso nei suoi pensieri.

« Le ombre, » fu la risposta della Pizia « non c'è nessuno che dica tutta la verità, nessuno tranne Meneceo, il quale è troppo stupido per dire bugie. Laio mente, così come mente quella puttana di Giocasta. E perfino Edipo non è del tutto sincero ».

« Secondo me tutto sommato Edipo è sincero » dichiarò Tiresia.

« Può darsi, » replicò amaramente la Pizia « ma con la Sfinge ha cercato di imbrogliare le carte. Un mostro con testa di donna e corpo di leone. Ridicolo ».

Tiresia scrutò la Pizia: « Vuoi sapere » domandò poi « chi è la Sfinge? ».

« Ebbene? » chiese Pannychis. L'ombra di Tiresia le venne più vicino, quasi paternamente avviluppandola.

« La Sfinge » cominciò a raccontare l'indovino « era così bella che io la guardai con tanto d'occhi quando, attorniata dalle sue docili leonesse, la vidi per la prima volta davanti alla sua tenda sul monte Ficio nei pressi di Tebe. "Vieni, Tiresia, vieni qui, vecchio furfante, di' al tuo fanciullo di andare nella boscaglia e siediti accanto a me" mi disse ridendo. Io fui contento che non avesse parlato in presenza del ragazzino, la Sfinge sapeva che la mia cecità era tutta una finta, ma per fortuna se lo tenne per sé. Così, davanti alla tenda, mi sedetti accanto a lei sopra una pelle di animale, e intanto le leonesse ci giravano intorno mansuete. Aveva lunghi e morbidi capelli d'oro chiarissimo, era enigmatica e limpida, insomma una creatura vera; soltanto quando impietrì, allora, Pannychis, io rimasi atterrito, ma la vidi così una volta soltanto: quando mi raccontò la storia della sua vita. Naturalmente le conosci anche tu le tremende peripezie della famiglia di Pelope. Il fior fiore dell'aristocrazia. Ebbene, il giovane Laio, appena salito sul trono di Tebe sedusse la celebre Ippodamia, anche lei appartenente all'alta aristocrazia. Pelope, lo sposo di lei, si vendicò nello stile della famiglia: evirò Laio e lo abbandonò gemente al suo destino. Ippodamia partorì una figlia che per dileggio chiamò Sfinge la strangolatrice e poi consacrò a Hermes come sua sacerdotessa in modo da condannarla alla perpetua castità, ma anche per ottenere che Hermes, il dio dei commerci, favorisse le esportazioni verso Creta e l'Egitto, esportazioni di vitale importanza per la stirpe di Pelope; e pensare che era stata

Ippodamia a sedurre Laio e non viceversa,
ma come tutti gli aristocratici Ippodamia
era maestra nel coniugare il piacere alla
ferocia, e la ferocia alla convenienza. Ma
perché la Sfinge, dal monte Ficio, tenesse
suo padre e Tebe sotto perpetua minaccia,
e perché facesse sbranare dalle leonesse tutti
coloro che non risolvevano il suo enigma,
questo lei non volle svelarmelo, probabilmente perché aveva indovinato che io ero
andato a trovarla su incarico di Laio per
sondare le sue intenzioni. Si limitò a tra-
smettermi l'ingiunzione che Laio lasciasse
Tebe in compagnia del suo auriga Polifonte. E Laio, con mio stupore, ubbidì ».
Tiresia fece una pausa di riflessione. « Ciò
che accadde poi » disse ancora « lo sai anche tu, o Pizia: lo sciagurato incontro nel
valico stretto tra Delfi e Daulide, l'uccisione
di Laio e Polifonte per mano di Edipo e la
visita di quest'ultimo alla Sfinge sul monte
Ficio. Tutto bene. Edipo sciolse l'enigma e
la Sfinge si gettò a capofitto giù nella vallata ». Tiresia tacque.
« Stai blaterando, vecchio, » disse la Pizia
« perché mi racconti questa storia? ».
« È una storia che mi tormenta » disse Tiresia. « Posso sedermi accanto a te? Ho freddo, l'acqua gelida di cui mi sono abbeverato alla fonte Tilfussa mi sta consuman-
do ».

« Prendi il tripode di Glykera » rispose la Pizia, e l'ombra di Tiresia prese posto accanto a lei sopra la crepa nella roccia. I vapori si fecero più fitti e rossastri.

« E perché mai dovrebbe tormentarti? » domandò la Pizia in tono quasi amichevole.

« La storia della Sfinge è del tutto irrilevante, testimonia soltanto com'è miserevolmente finita la discendenza di Cadmo. Con un re castrato e una sacerdotessa condannata alla perpetua castità ».

« C'è qualcosa che non quadra in tutta questa storia » disse pensieroso Tiresia.

« Se è per questo, non quadra proprio niente, » rispose la Pizia « ma cosa vuoi che conti, tanto per Edipo non ha importanza se Laio era castrato o invertito, Laio comunque non era suo padre. La storia della Sfinge è assolutamente irrilevante ».

« In realtà, Pannychis, se c'è una cosa che mi preoccupa, » mormorò Tiresia « è che non esistono storie irrilevanti. Tutto è connesso con tutto. Dovunque si cambi qualcosa, il cambiamento riguarda il tutto. Perché, Pannychis, » seguitò Tiresia scuotendo il capo « perché con il tuo oracolo hai inventato la verità! Senza quel tuo responso, Edipo non avrebbe mai sposato Giocasta. E ora sarebbe il re di Corinto, un ottimo sovrano. Ma non credere che io voglia farti delle accuse. Sono io il maggiore colpevole. Edipo ha ucciso suo padre, beh, sono cose che succedono, poi è andato a letto con sua madre, e allora, che c'è di tanto strano? L'unico vero disastro è che tutto sia venuto alla luce in maniera così clamorosa e paradigmatica. Quel dannatissimo ultimo oracolo riguardante la solita eterna pestilenza! Invece di costruire una fognatura come si deve, tanto per cambiare ti chiedono un oracolo.

« Pensare che fra l'altro io ero perfettamente al corrente della situazione, Giocasta mi aveva confessato tutto. Sapevo benissimo che il vero padre di Edipo era un oscuro ufficiale della guardia. E sapevo altresì che Edipo aveva sposato sua madre. Ebbene, pensai, c'è un solo problema adesso: fare un po' d'ordine. Incesto o non incesto, Edipo e Giocasta avevano ormai messo al mondo quattro figli, e dunque il loro matrimonio doveva essere salvato. L'unica persona che ancora poteva minacciarlo era quel galantuomo di Creonte, devotissimo alla sorella e al cognato, il quale, però, data la sua visione del mondo, se fosse venuto a sapere che il cognato era anche suo nipote e che i figli del cognato erano a pieno titolo suoi nipoti e suoi pronipoti, data la sua visione del mondo, dicevo, una cosa del genere non avrebbe mai potuto accettarla, e certo avrebbe cacciato Edipo dal trono, per pura devozione al comune senso della morale. E a noi allora sarebbe toccato come a Sparta uno Stato totalitario, sangue a pranzo e a cena, i bambini handicappati eliminati alla nascita, ogni giorno esercitazioni militari, eroismo come dovere civico; sicché io decisi di inventare una cretinata, la più grande cretinata della mia vita: ero convinto che a uccidere Laio nello stretto valico tra Delfi e Daulide, con l'intento di sostituirlo sul trono, fosse stato proprio Creonte, sempre per devozione, naturalmente, questa volta nei confronti della sorella di cui voleva vendicare il figlioletto, dal momento che lui, Creonte, credeva di sicuro che Edipo, esposto appena nato, fosse figlio di Laio, per il semplice motivo che, essendo un uomo tutto d'un pezzo, l'adulterio era per lui assolutamente inconcepibile; insomma, ho escogitato quel responso solo perché Giocasta mi ha taciuto che Edipo aveva ucciso Laio. Sono convinto infatti che lei lo sapesse, perché ho la certezza che Edipo le raccontò quello che era successo nello stretto valico tra Delfi e Daulide e che Giocasta abbia solo fatto finta di ignorare per mano di chi fosse caduto Laio. Non ho alcun dubbio: Giocasta l'ha capito immediatamente.

« Perché mai, Pannychis, la gente dice sempre verità approssimative, come se la verità non risiedesse soprattutto nei singoli dettagli? Forse perché gli uomini stessi sono soltanto qualcosa di approssimativo. Maledetta imprecisione. In questo caso probabilmente l'imprecisione si è aperta un varco solo perché Giocasta ha dimenticato la morte di Laio, di cui peraltro non le importava niente, insomma Giocasta ha trascurato di dirmi quella che per lei non era altro che una quisquilia, la quale però mi avrebbe aperto gli occhi, e, impedendomi di far sì che i sospetti di aver assassinato Laio si concentrassero su Edipo, mi avrebbe indotto a chiederti di pronunciare il seguente responso: Apollo ordina di costruire una fognatura. Ebbene, se così fosse stato, Edipo sarebbe tuttora il re di Tebe e Giocasta la sua regina. Chi c'è invece al loro posto? Sulla Cadmea regna ora il fido Creonte, che sta edificando il suo Stato totalitario. Quello che volevo evitare è accaduto. Scendiamo da qui, Pannychis ».

La vecchia guardò in direzione del portale principale che era rimasto aperto. Attraverso i vapori rossastri vide rifulgere un rettangolo luminoso, superficie violetta che si andava slargando sulla quale apparve un confuso groviglio che, più netto man mano, giallo, diventò alla fine un gruppo di leonesse che sbranavano un ammasso di carne. Poi le leonesse risputarono fuori ciò che avevano ingoiato, un corpo umano si liberò dalle loro zampe, brandelli di stoffa si ricomposero e concrebbero insieme, le belve arretrarono, e nel vano del portale si stagliò una donna vestita di bianco, una sacerdotessa.

« Non avrei mai dovuto addomesticare leonesse » disse la donna.

« Sono desolato, » fece Tiresia « la tua fine è stata veramente atroce ».

« Sì, ma solo in apparenza, » fu la risposta conciliante della Sfinge « la rabbia è tale che non si sente nulla. Ora che tutto è passato e tra non molto anche voi due sarete soltanto ombre, la Pizia qui e Tiresia presso la fonte Tilfussa e contemporaneamente in questa caverna, ora, dicevo, voglio che sappiate tutta la verità. Che corrente, per Hermes! » e si strinse addosso il peplo trasparente. « Tu ti sei sempre domandato, Tiresia, » seguitò poi « come mai io abbia tenuto Tebe sotto la costante minaccia delle mie leonesse. Ebbene, sappi che mio padre non era quello che dava a credere di essere e tu ritenevi che fosse per placare i rimorsi della tua coscienza. Mio padre era un tiranno, perfido e superstizioso. Sapeva benissimo che ogni tirannia diventa davvero insopportabile solo nella misura in cui è solidamente fondata. Niente al mondo, infatti, l'uomo sopporta con più difficoltà di una giustizia implacabile. Proprio questa egli ritiene supremamente ingiusta. Tutti i tiranni che fondano il loro dominio su grandi princìpi, l'uguaglianza dei cittadini tra loro o l'idea che i beni di ognuno appartengano a tutti, suscitano in coloro sui quali esercitano la loro potestà un sentimento di soggezione incomparabilmente più mortificante di quelli che, anche se assai più ignobili, si accontentano come Laio di fare i tiranni, troppo pigri per addurre una qualsiasi giustificazione al proprio comportamento: essendo la loro dittatura lunatica e capricciosa, i sudditi hanno la sensazione di poter godere di una certa libertà. Non si sentono tiranneggiati da una arbitraria necessità che non consente loro speranza alcuna, ma piuttosto da un arbitrio assolutamente casuale che ancora permette qualche speranza ».

« Accidenti, » disse Tiresia « sei davvero intelligente ».

« Ho riflettuto sugli esseri umani e li ho interrogati prima di sottoporre ad essi il mio enigma e farli sbranare dalle mie leonesse » rispose la Sfinge. « Mi interessava sapere come mai gli uomini si lascino opprimere: per amore del quieto vivere, ho concluso, che spesso li induce addirittura a inventarsi le teorie più assurde per sentirsi in perfetta sintonia con i loro oppres-

sori, come del resto gli oppressori escogi-
tano teorie non meno assurde pur di riu-
scire a illudersi di non opprimere gli indivi-
dui su cui esercitano il loro dominio. Solo a
mio padre tutto ciò non importava affatto.
Mio padre era un despota, ma ancora uno di
quelli orgogliosi di esserlo. Non sentiva
alcun bisogno di inventare giustificazioni
al proprio dispotismo. Ciò che lo tormen-
tava era solo il suo destino: essere stato
castrato, e che la stirpe di Cadmo fosse condannata all'estinzione. Io sentivo il suo do-
lore, i suoi pensieri malvagi, gli imperscru-
tabili piani che andava rimuginando ogni
volta che veniva a trovarmi e, per ore e ore,
stava seduto davanti a me senza togliermi
gli occhi di dosso; fu allora che incominciai
a temerlo, e proprio perché temevo mio
padre decisi di addomesticare le leonesse.
E ho fatto bene, avevo i miei buoni motivi.
Dopo la morte della sacerdotessa che mi
aveva allevato, quando vivevo sola con le
mie leonesse nel santuario di Hermes sul
monte Citerone – sì, Pannychis, a te voglio
dirlo, e non m'importa se anche Tiresia
mi sta ascoltando – accadde che Laio mi
fece visita col suo auriga Polifonte.
« Uscirono dal bosco, si sentì da qualche
parte il nitrito di paura dei loro cavalli, le
leonesse sbuffarono, e io, che pure intuivo
qualcosa di cattivo, mi sentii paralizzata.

Lasciai che entrassero nel santuario. Mio padre sprangò la porta e ordinò a Polifonte di violentarmi. Io mi difesi. Mentre mio padre, per aiutare l'auriga, mi teneva ben ferma con entrambe le braccia, Polifonte fece ciò che Laio gli aveva ordinato. Le leonesse ruggivano intorno al santuario. Con le zampe colpivano violentemente la porta. Ma la porta non cedette. Quando Polifonte mi prese, io gridai forte; le leonesse tacquero di colpo. Quindi lasciarono che Laio e Polifonte si allontanassero dal santuario.

« Nello stesso periodo in cui Giocasta partorì un maschio al suo ufficiale della guardia, anch'io misi al mondo un bambino: Edipo. Ignoravo del tutto lo stupido oracolo che tu, Tiresia, avevi formulato. Lo so, volevi mettere in guardia mio padre e impedire che Creonte prendesse il potere, il tuo unico intento era quello di garantire la pace. Ma a prescindere dal fatto che Creonte ha poi preso il potere e ha iniziato una guerra che si profila lunghissima, dal momento che già i sette principi avanzano contro Tebe, tu soprattutto non hai saputo giudicare Laio. Conosco le sue massime: si fingeva illuminato, Laio, ma soprattutto ha creduto nell'oracolo, soprattutto è rimasto atterrito quando gli è stato detto che suo figlio lo avrebbe ucciso. Laio ha pensato che l'oracolo si riferisse a mio figlio, e cioè a suo nipote, né c'è da meravigliarsi che per precauzione abbia voluto liberarsi altresì del figlio di Giocasta e dell'amante di lei, l'ufficiale della guardia: i dittatori, si sa, devono sempre aver qualcosa da fare per tenersi in esercizio.

« Fu così che una sera un pastore di Laio si presentò da me con in braccio un neonato i cui piedi erano stati trafitti e legati per le caviglie. L'uomo mi consegnò una lettera che conteneva l'ordine di Laio di gettare in pasto alle leonesse mio figlio, e cioè suo nipote, e con lui l'altro bimbo, il figlio di Giocasta. Il pastore, cui versai molte volte da bere fino a ubriacarlo del tutto, mi confessò poi che Giocasta lo aveva corrotto perché lui consegnasse il piccolo a un suo amico, un pastore di Polibo, il re di Corinto, badando però a non rivelargli la sua origine. Mentre il pastore di Laio dormiva, io gettai in pasto alle leonesse il bambino di Giocasta e trafissi i calcagni di mio figlio, sicché il mattino dopo, senza accorgersi dello scambio, il pastore si rimise in viaggio con in braccio il suo fantolino.

« Quasi ancora non se n'era andato, ed ecco che arrivò mio padre con Polifonte; le leonesse si stiracchiavano pigramente, in mezzo a loro giaceva la mano esangue di un bimbo, candida e piccola come un fiore. Mio padre domandò in tono pacato: "Che ne è dei bambini? Sono stati sbranati tutti e due?". E io gli risposi: "Sì, tutti e due". "Ma qui vedo solo una mano" disse lui rivoltandola con la lancia. Le leonesse cominciarono a ringhiare. "Le leonesse hanno sbranato due bambini," replicai "ma di mani ne hanno avanzata una sola, a questo bisogna che ti rassegni". Lui domandò: "E il pastore dov'è?". E io gli risposi: "L'ho mandato via". "Dov'è che l'hai mandato?". "In un santuario," dissi "quel pastore è stato solo un tuo strumento, ma è pur sempre un essere umano. Avrà bene il diritto, dunque, di espiare la colpa di essere stato un tuo mero strumento. E ora vattene". Mio padre e Polifonte esitavano, ma con scatto feroce le leonesse li cacciarono entrambi di lì e poi, con passo indolente, tornarono al loro posto.

« Mio padre non osò più venire a trovarmi. Per ben diciotto anni io rimasi tranquilla. Poi cominciai a tenere Tebe sotto la costante minaccia delle mie leonesse. L'ostilità esplose clamorosamente tra noi senza che mio padre si fosse mai arrischiato a nominare la causa di quel conflitto. Sospettoso e diffidente quant'altri mai, e nel perpetuo terrore di ciò che l'oracolo gli aveva predetto, Laio sapeva con certezza una cosa sola: che uno dei due bambini era morto; l'altro forse viveva, ma lui non sapeva quale, temeva che suo nipote si nascondesse da qualche parte e che io fossi in combutta con lui. Mio padre ti ha mandato da me, Tiresia, perché tu sondassi le mie intenzioni ».

« Tuo padre non mi disse la verità, e neanche tu me la dicesti » fu l'amara risposta di Tiresia.

« Se io ti avessi detto la verità, tu non avresti fatto altro che mettere in scena un ennesimo oracolo » rispose la Sfinge ridendo.

« E perché desti ordine a tuo padre di lasciare Tebe? » domandò Tiresia.

« Perché sapevo che il suo terrore della morte era tale che di sicuro avrebbe deciso di recarsi a Delfi. Non potevo certo immaginare che razza di brillantissimi oracoli erano stati propalati da quel santuario per bocca di Pannychis; pensavo che all'arrivo di Laio, previa consultazione dell'archivio per evitare contraddizioni, sarebbe stato emesso l'antico responso, ciò che naturalmente avrebbe atterrito mio padre ancora di più! Ebbene, quello che sarebbe accaduto se Laio avesse interrogato Pannychis, quali altre fandonie lei gli avrebbe propinato e a cosa lui avrebbe prestato fede, solo gli dèi possono saperlo. Perché a questo non si è arrivati, Laio e Polifonte hanno incontrato Edipo nel valico stretto fra Delfi e Daulide, e al figlio non è bastato pugnalare suo padre Polifonte, ha anche indotto i cavalli a trascinare nella polvere fino alla morte suo nonno Laio ».

La Sfinge tacque. I vapori si erano dissolti, vuoto era il tripode accanto alla Pizia, Tiresia era di nuovo un'ombra possente, distinguibile appena dai grandi pietroni rettangolari accatastati intorno al portale principale nel cui vano si stagliava la Sfinge, ridotta ormai a una piccola silhouette.

« Poi diventai l'amante di mio figlio. Sui giorni felici non c'è mai molto da dire, » aggiunse la Sfinge dopo un lungo silenzio « la felicità detesta le parole. Prima di conoscere Edipo odiavo gli uomini in generale. Erano bugiardi, gli uomini, e appunto perché bugiardi non arrivavano a capire che il mio enigma (quale sia l'unica creatura che ha un numero di piedi variabile – quattro al mattino, due a mezzogiorno e tre alla sera – e che quanti più piedi muove tanto minore è la forza e la velocità delle sue membra), non arrivavano a capire, dicevo, che il mio enigma allude a loro stessi, e io allora feci sbranare dalle mie leonesse gli innumerevoli uomini che non seppero risolvere questo enigma in alcun modo. Gridavano e chiedevano aiuto mentre le belve li dilaniavano, e io non li aiutavo, ridevo soltanto.

« Ma quando, proveniente da Delfi, arrivò Edipo col suo passo claudicante e mi rispose che quella creatura è l'uomo, il quale da lattante avanza carponi con quattro gambe, in gioventù cammina saldo su due gambe e nella tarda età si appoggia a un bastone, allora dal monte Ficio mi gettai a capofitto nella vallata sottostante. Perché lo feci? Diventai l'amante di Edipo. Egli non mi chiese mai nulla sulle mie origini. Naturalmente si rese conto che io ero una sacerdotessa, ma da uomo devoto qual era credeva che fosse proibito andare a letto con una sacerdotessa, e siccome tuttavia veniva a letto con me, fingeva di ignorare chi io fossi, e quindi non chiedeva mai nulla riguardo alla mia vita, e io non chiedevo nulla riguardo alla sua, addirittura per non metterlo in imbarazzo non gli domandai nemmeno quale fosse il suo nome. Mi rendevo conto che, se mai mi avesse detto il suo nome e menzionato le sue origini, il timore di Hermes, al quale io ero consacrata, lo avrebbe assalito, perché ora anche Hermes avrebbe saputo il suo nome, e lui, che era un uomo devoto, reputava che gli dèi fossero tremendamente gelosi, e forse intuiva altresì che se mai avesse indagato sulle mie origini, ciò che in effetti avrebbe dovuto fare per la normale curiosità degli amanti, si sarebbe imbattuto nel fatto che io ero sua madre. Ma lui temeva la verità, come del resto la temevo io. Per questo non seppe che era mio figlio come io non seppi che ero sua madre. Felice per l'amore di un uomo che non conoscevo e che non mi conosceva, mi ritirai nel santuario sul monte Citerone con le mie leonesse; Edipo venne da me molte volte, la nostra felicità era pura, pura come un segreto perfetto.

« Ma ad un certo punto le leonesse diventarono più inquiete, più irascibili, non contro Edipo ma contro di me. Mi sbuffavano addosso sempre più eccitate, sempre più imprevedibili, e mi davano di continuo violente zampate. Io con la frusta restituivo colpo su colpo. Allora le belve si accucciavano ringhiando, e solo quando Edipo non venne più da me cominciarono ad aggredirmi, e io seppi tutt'a un tratto che era accaduto qualcosa di inconcepibile... del resto l'avete visto coi vostri occhi ciò che mi è successo e continua a succedermi nel mondo degli Inferi. E quando, dalla crepa nella terra sopra la quale Pannychis è assisa, le vostre voci sono scese fino a me, solo allora ho appreso la verità e ho udito ciò che da molto tempo avrei dovuto sapere, anche se saperlo non avrebbe cambiato nulla, e cioè che ho avuto per amante mio figlio e che tu, Pannychis, hai annunciato la verità ».

La Sfinge cominciò a ridere, così come la Pizia aveva riso prima in presenza di Edipo, e anche la sua risata diventò sempre più incommensurabile, perfino quando le leonesse le si avventarono di nuovo contro, lei continuò a ridere, e non smise neppure quando quelle presero a sbranarla dopo averle strappato di dosso il bianco vestito. Poi non si riuscì più a distinguere ciò che le belve gialle stavano ingoiando, ma la risata echeggiava ancora, anche quando, leccato via tutto il sangue, le bestie sparirono. Di nuovo il vapore si innalzò dalla crepa nella terra. Rosso papavero. La Pizia morente rimase sola con l'ombra ormai quasi invisibile di Tiresia. « Una donna davvero notevole » disse quell'ombra.

La notte aveva ceduto il posto ad un plumbeo mattino, che di colpo aveva fatto irruzione nella caverna oracolare. Eppure, ciò che irresistibilmente stava dilagando non era mattino e non era notte, bensì qualcos'altro, qualcosa di irreale, né luce né buio, senz'ombra, senza colore. Come sempre nelle prime ore dell'alba, i vapori, depositandosi sul pavimento di pietra, creavano uno strato di fredda umidità e, appiccicandosi alle pareti, formavano gocce nere che per il peso colavano piano piano e sparivano nella fessura della terra sotto forma di lunghi e sottili filamenti.

« Una cosa soltanto non riesco a capire » disse la Pizia. « Che il mio oracolo si sia avverato, anche se non come Edipo se l'immagina, è frutto di una incredibile coincidenza; ma se Edipo ha creduto all'oracolo fin da principio e se la prima persona che ha ucciso è stato l'auriga Polifonte e la prima donna che ha amato è stata la Sfinge, se questo è vero, come mai non gli è venuto il sospetto che suo padre fosse l'auriga e sua madre la Sfinge? ».

« Perché Edipo preferiva essere il figlio di un re piuttosto che il figlio di un auriga. Il suo destino se lo è scelto da sé » fu la risposta di Tiresia.

« Noi e il nostro oracolo, » sospirò amareggiata la Pizia « solo grazie alla Sfinge siamo venuti a conoscenza della verità ».

« Non saprei, » fece Tiresia pensieroso « la Sfinge è una sacerdotessa di Hermes, il dio dei ladri e degli impostori ».

La Pizia tacque: da quando i vapori non salivano più dalla fenditura nella terra, lei tremava dal freddo.

« Da quando hanno iniziato i lavori del teatro » disse poi « i vapori qui dentro sono molto diminuiti » e infine sostenne che la Sfinge, parlando del pastore di Tebe, non aveva secondo lei detto la verità. « È probabile » disse « che non l'abbia affatto mandato in un santuario, ma piuttosto gettato in pasto alle leonesse come ha fatto con l'altro Edipo, il figlio di Giocasta; e che Edipo suo figlio l'abbia invece consegnato di persona al pastore di Corinto. La Sfinge voleva avere la certezza assoluta che il suo bambino rimanesse in vita ».

« Lascia perdere, vecchia, » disse Tiresia ridendo « non preoccuparti di ciò che può essere stato diverso da come ce l'hanno raccontato e che non smetterà di cambiare faccia se noi continueremo a indagare. Smettila di scervellarti su queste cose se non vuoi che sorgano altre ombre a impedirti di morire. Per quel che ne sai tu, può anche darsi che esista un terzo Edipo. Non possiamo escludere che il pastore di Corinto, anziché il figlio della Sfinge – ammesso che si trattasse veramente del figlio della Sfinge –, abbia affidato alle cure della regina Merope il suo stesso bambino, al quale pure aveva prima trafitto i calcagni, e che quindi il vero Edipo – il quale comunque non era il vero Edipo – sia stato abbandonato in balìa delle bestie feroci, come del resto non possiamo escludere che Merope – magari anche lei amante di un ufficiale della guardia – abbia gettato in mare il terzo Edipo per presentare come quarto Edipo all'ignaro Polibo il figlio che aveva lei stessa segretamente partorito. La verità resiste in quanto tale soltanto se non la si tormenta.

« Dimentica le vecchie storie, Pannychis, non hanno alcuna importanza, in questa grande babilonia siamo noi i veri protagonisti. Noi due ci siamo trovati di fronte alla stessa mostruosa realtà, la quale è impenetrabile non meno dell'essere umano che ne è l'artefice. Forse gli dèi, ammesso che esistano, potrebbero godere dall'alto di una certa visione d'insieme, sia pure superficiale, di questo nodo immane di accadimenti inverosimili che danno luogo, nelle loro intricatissime connessioni, alle coincidenze più scellerate, mentre noi mortali che ci troviamo nel mezzo di un simile tremendo scompiglio brancoliamo disperatamente nel buio. Con i nostri oracoli sia tu sia io abbiamo sperato di portare la timida parvenza di un ordine, il tenue presagio di una qualche legittimità nel truce, lussurioso e spesso sanguinoso flusso di eventi dai quali siamo stati travolti proprio perché ci sforzavamo di arginarli, sia pure soltanto un poco.

« Tu, Pannychis, vaticinasti con fantasia, capriccio, arroganza, addirittura con insolenza irriguardosa, insomma: con arguzia blasfema. Io invece commissionai i miei oracoli con fredda premeditazione, con logica ineccepibile, insomma: con razionalità. Ebbene, devo ammettere che il tuo oracolo ha fatto centro. Se fossi un matematico potrei dirti con esattezza quanto fosse improbabile la probabilità che il tuo oracolo cogliesse nel segno: era straordinariamente improbabile, infinitamente improbabile. Eppure il tuo improbabilissimo responso si è avverato, mentre sono finiti in niente i miei responsi così probabili e dati ragionevolmente con l'intento di fare politica, e cambiare il mondo, e renderlo più ragionevole. Oh, me stolto. Io con la mia ragionevolezza ho messo in moto una catena di cause e di effetti che hanno dato luogo a un risultato esattamente opposto a quello che avevo in mente di ottenere. E poi, stolta non meno di me, sei arrivata tu, e con baldanza spregiudicata ci hai dato sotto con i tuoi oracoli il più possibile nefandi. Da tempo ormai i motivi non contano più, del resto i tuoi responsi li hai scagliati contro persone di cui non t'importava niente; sicché un bel giorno ti sei trovata a pronunciare un oracolo contro un ragazzo pallido e zoppo di nome Edipo. A che ti giova, Pannychis, se tu hai colto nel segno e io invece mi sono sbagliato? Il danno che noi due abbiamo fatto è mostruoso nella stessa misura. Getta via il tuo tripode, Pizia, gettalo con te nella crepa della terra, anch'io sto per morire, la fonte Tilfussa ha compiuto la sua opera. Addio, Pannychis; non credere però che noi due ci perderemo. Come io che ho volu-

to sottomettere il mondo alla mia ragione
ho dovuto in quest'umida spelonca affronta-
re te che hai provato a dominare il mondo
con la tua fantasia, così per tutta l'eternità
quelli che reputano il mondo un sistema
ordinato dovranno confrontarsi con coloro
che lo ritengono un mostruoso caos. Gli
uni penseranno che il mondo è criticabile,
gli altri lo prenderanno così com'è. Gli uni
riterranno che il mondo è plasmabile come
una pietra cui si può con uno scalpello
far assumere una forma qualsivoglia, gli
altri indurranno alla considerazione che,
nella sua impenetrabilità, il mondo si mo-
difica soltanto come un mostro che prende
facce sempre nuove, e che esso può essere
criticato non più di quanto il velo impal-
pabile dell'umano intelletto possa influen-
zare le forze tettoniche dell'istinto umano.
Gli uni ingiurieranno gli altri chiamandoli
pessimisti, e a loro volta saranno da quelli
irrisi come utopisti. Gli uni sosterranno
che il corso della storia obbedisce a leggi
ben precise, gli altri diranno che queste
leggi esistono solamente nella immagina-
zione degli uomini. Il conflitto fra noi due,
Pannychis, il conflitto tra il veggente e la
Pizia, divamperà su tutti i fronti: il nostro
è ancora un conflitto emotivo, non suf-
ficientemente meditato, eppure laggiù già
costruiscono un teatro e già ad Atene un

poeta sconosciuto sta scrivendo una tragedia su Edipo. Ma Atene è provincia, e So-
focle sarà dimenticato, Edipo invece conti-
nuerà a vivere, resterà un tema che pone
a noi enigmatici quesiti. A che cosa, per
esempio, è dovuto il destino di Edipo? Alla
volontà degli dèi, al fatto che egli abbia
trasgredito alcuni princìpi sui quali si reg-
ge la società dei nostri tempi (benché da
questo io avessi cercato di proteggerlo me-
diante l'oracolo), oppure semplicemente
Edipo è vittima di un caso sfortunato che
tu hai evocato con il tuo capriccioso vaticinio? ».
La Pizia non rispose, tutt'a un tratto non
c'era più, e anche Tiresia era scomparso,
e con lui il plumbeo mattino che gravava
su Delfi, la quale pure si era inabissata.

Opere pubblicate in questa collana:

Stampato nel maggio 1996
dal Consorzio Artigiano «L.V.G.» - Azzate

Piccola Biblioteca Adelphi
Periodico mensile: N. 216/1988
Registr. Trib. di Milano N. 180 per l'anno 1973
Direttore responsabile: Roberto Calasso